HOMMAGE

A LA

GARDE NATIONALE

DE PARIS.

C.

HOMMAGE

A LA

GARDE NATIONALE

DE PARIS,

PAR N.-G. LÉPINE,

SOUS-OFFICIER INVALIDE.

Dédié

A son Ami J. Vaudin,

Officier de la 8e Légion.

✷

HONNEUR ET PATRIE.

✷

PARIS

IMPRIMERIE DE J. TASTU,

RUE DE VAUGIRARD, N. 36.

—

AOUT 1830

A

MM. les Membres

COMPOSANT

LA GARDE NATIONALE

DE PARIS.

Mes Concitoyens,

C'est un Compatriote, c'est un Vétéran de la Grande-Armée qui vous adresse cet hommage. Élevé au milieu de vous, j'ai été à même, dès l'aurore de la liberté, d'admirer votre dévouement et les services que vous avez rendus à la patrie. Jadis, ainsi que mes frères d'armes, nous avions acquis quelque gloire dans des contrées lointaines ; mais, par vos vertus civiques, vous nous avez surpassés tous. Vous avez su, par une heureuse alliance, unir les vertus du citoyen à la bravoure du soldat, et sacrifier, sans hésiter, vos plus chers intérêts à la plus belle des causes. Epoux et pères, vous n'avez pas craint, dans les instans les plus critiques, d'exposer votre vie et l'avenir de vos familles pour le maintien de l'ordre et du repos public. Aussi, c'est votre admirable conduite, c'est la vue de vos belles légions, qui m'ont inspiré ce petit ouvrage. Puisse-t-il vous être agréable, et vous exprimer, bien imparfaitement à la vérité, les sentimens distingués avec lesquels j'ai l'honneur d'être,

Messieurs,

Votre très-humble et très-affectionné serviteur,

N.-G. LÉPINE.

Hommage

GARDE NATIONALE DE PARIS.

Séjour enchanteur du génie,

Centre des beaux-arts, des talens,

Paris ! ô ma chère patrie !

Je veux célébrer tes enfans.

Je veux en ce modeste ouvrage,

Peindre les vertus, le courage,

Qu'ont déployés les Parisiens :

Orgueil de notre belle France,

Je vais à sa reconnaissance

Offrir nos braves citoyens.

❋

Partout de l'utile industrie,
Leurs soins propagent les bienfaits;
Et le monde entier leur envie,
Dans les arts, leurs brillans succès.
Par leurs veilles, leur bienfaisance,
On les voit procurer l'aisance,
Travaux, secours à l'indigent :
Et par un heureux assemblage,
Au Prince montrer leur courage,
A l'État donner leur argent.

❋

Jadis, dans un honteux servage,
Le Français triste, malheureux,
Réprimait dans son esclavage,
Les élans d'un cœur généreux.

Le laboureur tant estimable,

Et l'artisan infatigable,

Le soldat le plus valeureux,

L'honneur, les talens, le génie,

La gloire de notre patrie,

Tout n'était rien sans nom d'aïeux.

✽

Hélas ! le beau pays de France,

Terrain fertile, aimé des cieux,

Supportant sa longue souffrance,

Espérait un sort plus heureux.

Partout la raison asservie,

Bégayant le nom de patrie,

Essayait de briser ses fers :

Accomplissant sa destinée,

Enfin la France fortunée,

Donne l'exemple à l'univers.

❋

Au sein d'une lutte terrible,

On proclame l'égalité ;

Partout une force invincible

S'attache au mot de liberté.

Cédant à de justes alarmes,

De tous côtés courant aux armes,

Chacun se prépare aux combats :

Mais Paris doit donner l'exemple,

De la liberté c'est le temple,

Tous ses citoyens sont soldats.

❋

Des beaux jours d'Athène et de Rome

Ils auraient fait les ornemens ;

Et plus d'un héros qu'on renomme

Pourrait se trouver dans leurs rangs.

Oubliant le doux nom de père,

Le soin d'une famille chère,

On les voit au poste d'honneur,

Surmontant la fatigue et l'âge,

Donner l'exemple du courage,

Des vertus et de la valeur.

❊

Au temps affreux de l'anarchie,

Des plus déplorables excès,

Combien ont payé de leur vie

Leurs nobles sentimens français !

De ces faits dignes de mémoire,

Déjà le burin de l'histoire

A su graver pour nos neveux,

Et le dévouement admirable,

Et le courage inébranlable

De ces citoyens généreux.

Et lorsqu'après vingt ans de gloire,

Lassé d'étonner l'univers,

Le Français voit fuir la victoire,

Et connaît enfin les revers ;

Au bruit menaçant de la foudre,

Qui bientôt va réduire en poudre

Le trône d'un fier conquérant,

Du repos délaissant les charmes,

Le Parisien courant aux armes,

Au champ d'honneur verse son sang.

*

Ah ! que dans un écrit sublime

Ne puis-je à la postérité

Retracer l'élan unanime

Des nouveaux jours de liberté !

Lorsque tout Paris en alarmes
Voyait ses habitans sans armes
Braver la mitraille et la mort ;
Lorsque la vieillesse et l'enfance,
S'offrant au salut de la France,
Tombaient en bénissant leur sort !

※

Brave Français, époux et père,
Bon citoyen, vaillant soldat,
Pour toi que la patrie est chère !
Tu pars, tu voles au combat.
En vain ta tremblante famille,
Ton vieux père et ta jeune fille,
L'épouse qui fait ton bonheur,
Voudraient, t'arrosant de leurs larmes,
T'arracher de funestes armes,
Présages d'un affreux malheur.

*

Mais las ! déjà la foudre gronde.,

Rien ne peut arrêter tes pas ;

Et léguant ton exemple au monde,

Tu cours au-devant du trépas.

Pour ton pays mourant victime,

Tu vois, d'un regard magnanime,

De la mort s'approcher l'horreur :

Et prêt à finir ta carrière,

Tu murmures sur la poussière

Les mots de PATRIE ET D'HONNEUR !

*

Ainsi s'offrant en hécatombe,

Mourut le citoyen-soldat.

O Français ! pleurons sur la tombe

Du brave atteint dans le combat.

Dans ces jours exempts de tous crimes,
Pleurons sur le sort des victimes,
Nobles soutiens du nom français :
Si nos libertés nous sont chères,
Songeons que le sang de nos frères
A cimenté tous nos succès.

❋

O siècle ! ô temps dignes d'envie,
La gloire voile nos cyprès ;
Amour sacré de la patrie,
Tu remplis le cœur des Français.
Ce n'est qu'à tes ardentes flammes,
Dont la chaleur brûle nos ames,
Que nous devons la liberté :
Sachons user de la victoire :
Et sans taches ces jours de gloire
Iront à la postérité.

*

Espoir de notre belle France,

Bons citoyens, braves guerriers ;

La publique reconnaissance,

 Vous offre de nobles lauriers.

Soyez toujours, troupe fidèle,

Des Français le parfait modèle,

De nos droits le ferme soutien :

Appui des libertés publiques,

Entourez de vertus civiques

Le trône d'un ROI-CITOYEN.